AF317186

ÉLOGE HISTORIQUE

DE SON ALTESSE ROYALE

CHARLES-FERDINAND D'ARTOIS,

DUC DE BERRY,

FILS DE FRANCE.

3149

Se trouve à Paris,

Chez

PILLET, Imprimeur-Libraire, rue Christine ;

LE NORMANT, Imprimeur - Libraire, rue de Seine Saint-Germain ;

DELAUNAY, Libraire, Palais-Royal, galeries de bois ;

DENTU, Imprimeur-Libraire, rue des Petits-Augustins, et Palais-Royal ;

MONGIE, Libraire, boulevart Poissonnière ;

Et chez les Libraires des départemens.

M.gr M. LE DUC
de Berry.
Né le 24. Janvier 1778. Assassiné le 13. Fevrier 1820.
en le 3 Mai 1816.
Dessiné et Gravé par Canu, Rue

ÉLOGE HISTORIQUE

DE SON ALTESSE ROYALE

CHARLES-FERDINAND D'ARTOIS,

DUC DE BERRY,

FILS DE FRANCE;

PAR M. LE CH.ER ALISSAN DE CHAZET.

*Un piége! les Français, un piége! C'est un appel, Monsieur;
c'est un appel. Encore une fois, entrons à Cherbourg.*

(*Paroles du Duc* DE BERRY, voy. *p.* 24.)

DÉDIÉ À S. A. R. MADAME LA DUCHESSE DE BERRY.

A PARIS,

DE L'IMPRIMERIE ROYALE.

~~~~

1820.
~~~~

Si vous êtes toujours <u>Rédacteur</u>
<u>principal du Courier</u>, je vous
prie, mon cher Monsieur de Villenave,
de vous charger vous même
de l'article sur l'Éloge
historique de Mgr. le Duc
de Berry ; comme il n'y a pas
de Chambre demain,
tâcher de faire un article
un peu étendu

Mille amitiés et Remerciements

Le Cher de Chanet

20 avril
1820

à Monsieur

Monsieur de Villenave

Paris,

À Son Altesse Royale

Madame la Duchesse de Berry.

Madame,

Si j'ai l'honneur de pouvoir placer votre
auguste nom en tête de cet ouvrage, je dois,
je le sais, attribuer cette faveur insigne bien

plus à mon sujet qu'à mes faibles talens. Cependant cette conviction ne diminue en rien ma reconnaissance, et je suis tout-à-la-fois heureux et fier de publier l'éloge du courage et de la bonté sous les auspices de la vertu.

J'ai l'honneur d'être, avec un profond respect,

Madame,

De Votre Altesse Royale,

Le très-humble et très-obéissant serviteur,

ALISSAN DE CHAZET.

AVANT-PROPOS.

Depuis l'horrible attentat du 13 février, on a fait paraître un nombre immense de gravures, de tableaux, de recueils et de poèmes : cet empressement était naturel; le pinceau, la plume et le burin, devaient honorer à l'envi la mémoire d'un Prince ami des arts et protecteur des lettres. Si l'on accuse mon hommage d'être tardif, j'ai à répondre d'abord que le premier moment de la douleur n'est jamais celui où l'on peut la peindre; et ensuite, qu'à compter de l'instant où j'ai été informé qu'une auguste Princesse voulait bien prendre cet

ouvrage sous sa protection spéciale,
je n'ai eu qu'une seule occupation,
qu'une seule pensée, celle de jus-
tifier sa confiance. J'avais d'ailleurs un autre motif pour accélérer
mon travail; on annonce que le
plus éloquent de nos écrivains doit
publier incessamment la *Vie de
S. A. R. M.gr le Duc de Berry.*
Je n'ai ni le droit ni la prétention
de soutenir une comparaison trop
dangereuse pour moi; et si je
puis espérer des lecteurs, c'est en
faisant paraître mon ouvrage avant
le sien.

ÉLOGE HISTORIQUE

DE SON ALTESSE ROYALE

MONSEIGNEUR

LE DUC DE BERRY.

PREMIÈRE PARTIE.

BIBLIOTHÈQUE IMPÉRIALE

La France vivait heureuse sous les lois d'un Monarque héritier de huit siècles d'amour : la Providence avait placé à côté de lui sur le trône la fille de Marie-Thérèse, à qui sa mère avait dit quand elle quitta l'Allemagne : *Adieu,*

A

chère enfant; une grande distance va nous séparer. Faites tant de bien aux Français, qu'ils puissent croire que je leur ai envoyé un ange : soyez toujours juste, humaine, pénétrée des devoirs de votre rang, et je serai fière des regrets auxquels je suis livrée. [*]

La Reine s'était souvenue des leçons maternelles; les Français, qui ne savent pas aimer faiblement, idolâtraient en elle la bonté, la grâce, et ce charme indéfinissable qui donnait à ses moindres paroles autant de prix qu'à des bienfaits. Le Monarque, qui ne voulait voir dans le titre de Roi que le privilége de se faire chérir, avait signalé son avénement au trône par les lois les plus douces et les plus populaires; la suppression de la corvée, de la servitude et de la torture, avait révélé à la nation le secret

---

[*] La *Gazette* de Vienne a rapporté dans le temps ces mémorables paroles de l'Impératrice Marie-Thérèse.

de ses destinées; enfin la France, heureuse au dedans et respectée au dehors, était pour l'Europe entière un objet d'admiration et d'envie, lorsque naquit, le 24 janvier 1778, CHARLES- FERDINAND DE FRANCE, DUC DE BERRY : second fils de S. A. R. M. le Comte d'Artois, frère de Louis XVI, il était le huitième petit-fils de Henri IV, le dix-neuvième de S. Louis et le vingt-septième de Hugues Capet.

1778.

Dès qu'il eut atteint l'âge de cinq ans, son esprit, singulièrement précoce, indiqua la nécessité de le mettre entre les mains des hommes. Le choix d'un gouverneur était d'une grande importance; les impressions du premier âge sont ineffaçables, et les caractères gravés sur l'écorce d'un jeune arbre grandissent et se développent avec lui. Son auguste père desirait trouver un guide sûr, qui fût tout-à-la-fois ferme sans rudesse, instruit sans pédanterie et généreux sans ostentation; il voulait que son cœur fût bon, son esprit juste et sa raison éclairée :

il se décida pour le duc de Sérent*, dont on ne peut trop citer, dans un siècle aussi corrompu que le nôtre, la droiture parfaite et la franchise antique; il ressemble à ces hommes d'un tempérament robuste, qui n'ont rien à craindre des maladies contagieuses et qui survivent aux épidémies.

1786.   Le château de Beauregard, ainsi nommé à cause de la magnificence de sa vue, et situé près de Versailles, fut le lieu choisi pour la résidence du jeune Prince; il vint y rejoindre Mgr le Duc d'Angoulême : on leur prodigua les soins les plus tendres; ils furent entourés de maîtres recommandables par leurs principes et leurs talens; on les forma de bonne heure à l'exercice des vertus que le grand Bossuet appelle l'alphabet des Rois. *Bienfaisance, piété, justice,* tels sont les trois mots qu'on leur répé-

---

* M. le duc alors marquis de Sérent était déjà gouverneur de Mgr le Duc d'Angoulême. *Voyez* la note 1 à la fin de cet ouvrage.

tait sans cesse : ils n'eurent pas de peine à les retenir; pour un pareil dictionnaire, la mémoire des Bourbons est dans leur cœur.

Le jeune Duc DE BERRY avait une extrême 1788. facilité pour tout apprendre : ses dispositions pour le dessin tenaient du prodige; et l'anecdote suivante paraîtrait fabuleuse, si des témoins oculaires ne me l'avaient attestée. On l'avait conduit à Trianon pour lui faire voir les ambassadeurs de Typoo-saïb : il les regarda long-temps avec autant de surprise que d'attention, et, revenu à Beauregard, il s'écria, en entrant dans le salon, *Vite, vite, des couleurs, des pinceaux!* et, en une heure de temps, il fit de tous ces Indiens, qu'il représenta dans leurs attitudes grotesques, des portraits frappans de ressemblance : le peintre avait alors dix ans et demi (2).

M. le Comte d'Artois venait souvent voir les deux jeunes Princes, et leur donnait de l'argent pour *leurs plaisirs :* ils ne se trompèrent point sur l'acception du mot; ils avaient une petite

bourse qu'ils appelaient *le trésor des pauvres,*
et dans laquelle ils puisaient pour les soulager.
Rien ne manquait à leur bonheur quand ils
pouvaient leur aller offrir eux - mêmes leurs
épargnes, et qu'ils rapportaient, avec leurs bé-
nédictions , la certitude d'avoir essuyé des
larmes. C'est ainsi que s'écoulèrent leurs pre-
mières années ; c'est ainsi que leurs jeunes cœurs
se formaient à la bienfaisance : délicieux appren-
tissage, pour lequel ils n'ont pas eu besoin de
maître, pour lequel ils n'ont pas même reçu de
leçons de leur père ; ses exemples leur suffisaient.

1789.   À cette époque, M. de Sérent avait conçu
un plan méthodique pour achever l'éducation
des Princes, ou plutôt pour leur en donner une
seconde. Je ne connais pas le travail que cet
habile gouverneur avait préparé; mais j'ima-
gine que c'est à peu près en ces termes qu'il
doit l'avoir soumis à M. le Comte d'Artois :
« Monseigneur, les enfans de Votre Altesse
» Royale sont parvenus à l'âge où leur intelli-

» gence admet des études plus vastes et des
» notions plus étendues ; descendans de
» François Ier, petits-fils de Louis XIV, ils
» trouveront dans ces deux beaux siècles les
» exemples de tous les talens, comme les modèles
» de toutes les vertus : mais il faut que la con-
» naissance des lieux leur fasse acquérir celle
» des hommes et des choses ; il faut qu'ils
» parcourent une grande partie du royaume :
» de brillans souvenirs deviendront pour eux
» des leçons utiles, et des Fils de France
» doivent connaître leur pays. Ce voyage ins-
» tructif sera pour eux un cours varié de tac-
» tique, de génie, de géographie et d'histoire :
» la Franche - Comté, toute remplie encore
» du nom de Louis XIV, leur redira les exploits
» de leur immortel bisaïeul ; ils apprendront
» que rien ne résiste à un grand homme qui
» veut créer un grand siècle : Toulon et Brest
» leur parleront de Duquesne et de Duguay-
» Trouin ; Toulouse, de Riquet ; Strasbourg,

» de Créqui ; Valenciennes, de Vauban : ils
» sauront à Metz comment Condé sauva la
» France ; ils visiteront avec respect Sedan,
» patrie de Turenne ; puis, s'arrêtant avec
» intérêt dans une ville voisine, ils se formeront
» au métier de la guerre dans notre meilleure
» école d'artillerie, et je leur lirai l'histoire de
» Bayard sur les remparts de Mézières. »

Ce plan, tout-à-la-fois si simple et si noble,
avait été approuvé par M. le Comte d'Artois;
et M. le duc de Sérent se disposait à le réaliser,
lorsque les troubles éclatèrent. Le plus sage et
1789. le meilleur des Rois proposait d'utiles réformes :
mais les révolutionnaires voulaient un boule-
versement; semblables à ces chimistes insensés
qui, peu contens d'une honnête aisance, dé-
pensent leur fortune pour faire de l'or, et ne
trouvent plus au fond du creuset que les larmes
et la misère. Au premier bruit des horribles
excès commis à Paris, les Princes pensèrent
qu'ils devaient amener une révolution; mais il

leur fut impossible d'en calculer les suites : on ne peut pas sonder les torrens.

Le 13 juillet 1789, Monsieur fit appeler le duc de Sérent, et lui dit : « Vous partirez cette » nuit avec mes deux fils. Venez ce soir chez » le Roi, il vous en donnera l'ordre. » Le duc se rendit chez le Roi, qui lui dit : « Partez, il » le faut; faites pour le mieux, ce sont vos en- » fans. » Le duc pleura, et monta en voiture avec les jeunes Princes, sous prétexte d'un voyage d'agrément. Arrivé à Valenciennes, il leur dit : « Il est temps que vous sachiez la vérité; une » révolution vient d'éclater en France, vous êtes » forcés d'en sortir : il ne vous reste plus d'autre » ressource que d'être des grands hommes. » Ces paroles firent une vive impression sur les jeunes Princes; leur figure sembla dire: « Nous accom- »plirons nos destinées. »

C'est à Turin que furent conduits ces augustes exilés; et le Roi de Sardaigne, leur aïeul, les reçut avec la tendresse la plus affectueuse.

Le jeune CHARLES DE FRANCE fit bientôt les délices de la cour par sa vivacité et la franchise de son caractère; il avait souvent des saillies heureuses et un grand bonheur de reparties.

1791. Ayant su que le Roi de Sardaigne devait lui donner de belles étrennes, et le jour de l'an s'étant écoulé sans qu'il les reçût, il dit quelque temps après au Roi : « Grand-papa, vous avez » bieu peu de mémoire. » Le Roi, surpris de l'apostrophe, demanda sur quel point sa mémoire avait été en défaut. Le jeune CHARLES, qui sentit sur-le-champ son étourderie, répondit à la minute, avec autant de goût que d'esprit : *C'est que vous ne vous rappelez jamais aucune de mes sottises.* Un autre jour, son gouverneur ayant reçu de Paris la nouvelle que Mme de Sérent était accouchée d'une fille *, on conseilla au jeune élève d'écrire à cette dame pour la

---

* La malheureuse princesse de Léon, qui a péri, il y a quelques années, victime d'un horrible accident.

complimenter. Il hésita d'abord, car il était pa-
resseux; mais, comme on lui représenta qu'il y
aurait de la désobligeance de sa part, il se leva
très-vîte, courut à son secrétaire, et écrivit
avec la plus grande rapidité la lettre suivante :
« Madame, je vous félicite de la naissance de
» Mlle Georgine. Elle aura sans doute toutes
» les vertus de ses respectables parens : mais,
» si la fée qui l'a douée de toutes ces qualités
» ne lui épargne pas la paresse, n'en soyez
» point affligée, Madame ; je sais par expé-
» rience qu'avec ce défaut-là on peut vous
» aimer beaucoup. »

Le jeune CHARLES était né avec une vivacité que rien ne pouvait réprimer ; il sup-
portait impatiemment la contradiction. Une
personne de son service lui ayant fait un jour
une observation, il mit la main sur la garde
de son épée : son gouverneur accourut, le
désarma, lui ordonna les arrêts ; et, le lendemain, M. le Comte d'Artois, son auguste père,

l'ayant conduit à la campagne chez la Princesse de Sardaigne sa tante, le força de laisser son épée. C'était le châtiment le plus cruel que l'on pût lui infliger : la leçon fut terrible ; il n'osait regarder personne, il lui semblait que tout le monde était dans le secret de sa faute. Heureux les enfans que l'on peut punir ainsi !

Ses inclinations étaient toutes militaires ; on crut devoir développer ce penchant impérieux. Il allait tous les jours à l'école d'artillerie, et aucun soldat ne chargeait le canon avec plus de calme et de sang-froid que lui. Le Roi de Sardaigne avait établi plusieurs camps auprès de Turin le jeune CHARLES assistait souvent aux manœuvres ; jamais il n'était plus heureux que lorsqu'il pouvait échapper à la surveillance de son gouverneur et se réunir aux officiers généraux pour apprendre le commandement : c'est ainsi qu'il préludait par des amusemens à de plus nobles travaux. Des jeux sans danger, une guerre pacifique, amusaient son enfance impatiente, jusqu'au moment où une guerre véritable devait ouvrir aux Fils de France la lice de l'honneur et le chemin de la gloire.

Louis XVI ne régnait plus : les maîtres de la 1792. France étaient des misérables sans foi comme sans pudeur, qui, après l'avoir précipité de son trône, voulaient répandre son sang, pour le punir de n'en avoir jamais versé. C'est alors que nos Princes et de braves gentilshommes entrèrent en France par la Lorraine et la Champagne ; et l'on osait dire à cette époque, et l'on ose répéter aujourd'hui , dans les libelles révolutionnaires , qu'ils portaient les armes contre leur pays !... Étrange abus des mots ! bizarre renversement de toutes les idées !... ils venaient délivrer leur pays de la plus horrible oppression qui ait jamais pesé sur un peuple ; ils venaient sauver le meilleur et le plus malheureux des Rois ; ils venaient détrôner l'usurpation : mais ils n'avaient d'épée que contre les tyrans de leur belle patrie ; pour les Français ,

toujours Français eux-mêmes, ils ne voulaient
que leur tendre la main et les embrasser; c'é-
taient là leur mot d'ordre et leur consigne.

CHARLES DE FRANCE ne pouvait manquer au
rendez-vous de l'honneur: il était bien jeune
sans doute; mais il n'en parlait pas moins avec
la plus grande énergie du desir de venger son
oncle et son Roi: d'ailleurs il avait quinze ans,
et un Prince de quinze ans est un homme. Il
était fort souffrant lorsqu'il commença la campagne; il fut obligé de rester en voiture: mais
au premier coup de canon il n'y tint pas; et
malgré les représentations de M. de Sérent, entraîné par sa fougue naturelle, il sauta sur un
cheval, suivit toutes les opérations, assista au
siége de Thionville, et s'exposa plusieurs fois à
des dangers qu'il bravait comme s'il les avait
connus. Cette campagne fut courte et la plus
étrange dont les annales militaires aient fait
mention. Les armées de la coalition, qui se trou-
vaient à quarante lieues de Paris, qui n'avaient

plus à prendre aucune place forte pour y arriver,
s'arrêtèrent au milieu de leurs succès ; on vit
pour la première fois les vainqueurs battre en
retraite par capitulation : il faut renoncer à ex-
pliquer cette inexplicable mesure. Jamais on n'a
su, jamais on ne saura, probablement, la vérité.
La guerre a sa politique, les cabinets ont leurs
mystères ; mais, en les respectant, on peut dire
que cette politique a valu le martyre à cinq
Bourbons, a coûté la vie à deux millions de
Français, et troublé pendant vingt ans le repos
de l'Europe.

Cependant trois Condés, dignes de leur nom, 1793.
avaient réuni quelques légions fidèles, et fai-
saient flotter l'étendard des lis sur les bords
du Rhin ; trois générations de héros avaient
été blessées à Berstheim : le jeune Duc, jaloux
pour la première fois du bonheur des autres,
s'indigne de son repos, et vient servir comme
soldat sous un général de son sang ; il vient
se ranger sous le drapeau d'un vieux Bourbon ;

il vient suivre ses traces, écouter ses avis, et lui demander de la gloire.

1794. Deux ans de travaux pénibles, de marches forcées, de contrariétés sans nombre, reçoivent en un seul jour leur récompense : on annonce

1796. Louis XVIII * ; successeur d'un enfant Roi, il arrive au milieu *des cris qu'il a du plaisir à entendre, mais qu'il aurait mieux aimé répéter* **. Le jeune CHARLES, qui veut qu'un bonheur amène un bienfait, se jette aux pieds de son souverain et obtient la délivrance de tous les prisonniers, leur annonce lui-même cette heureuse nouvelle, et fait bénir à-la-fois le nom du maître et celui du libérateur (4).

Le vieux général voyait avec orgueil les pro-

---

* Le Roi arriva à l'armée de Condé le 1.er mai 1796. Sa Majesté, forcée de sortir des États de Venise, adressa au Sénat une lettre, chef-d'œuvre de noblesse, de force et de dignité : on la trouvera à la fin de cet ouvrage (3).

** Ces paroles sont extraites du discours que le Roi prononça le 6 mai, après le service de Charette.

grès de son élève, et les développemens rapides
de toutes ses facultés : eh ! comment ce jeune
Prince, que la nature avait doué d'un tact
exquis et d'une sensibilité profonde, n'aurait-il
pas joint à ces dons si précieux une raison
précoce et un esprit supérieur, lorsque, chaque
jour, des malheurs nouveaux venaient ajouter à
ses regrets et saisir son imagination * ! Au milieu
de ces cruels souvenirs, une scène de l'ordre
le plus élevé, un de ces spectacles sublimes
qui s'emparent de l'ame toute entière et ne
sortent jamais de la mémoire, vint frapper ses
regards, et laissa dans son cœur la plus profonde impression. Le Roi ordonna qu'on célé-
brât, à l'armée de Condé, un service en
l'honneur du général vendéen Charette. A sept
heures du matin, les troupes se rassemblèrent;
on se rendit dans une église gothique : là de
belles armoiries ne servaient pas d'ornement à

---

* La mort de la Reine, de Mme Elizabeth et du jeune Louis XVII (5).

B

un superbe catafalque; mais de vieux drapeaux criblés de balles s'inclinaient sur une tombe modeste : là ne se trouvait point un clergé nombreux; mais deux prêtres agenouillés demandaient, pour un guerrier célèbre, la paix éternelle, comme une seconde immortalité : on n'entendait point une musique harmonieuse; mais le temple retentissait des chants de la fidélité : on n'y remarquait pas un brillant cortége; mais on voyait près de la tombe du héros le Prince pour lequel il était mort; on y voyait trois Condés, deux Fils de France et trois mille gentilshommes : on ne prononçait point d'oraison funèbre; mais le Roi pleurait : un intervalle immense séparait le Rhin de la Loire; mais le dieu des combats, réunissant par les nœuds de l'infortune et de l'honneur deux armées fidèles, bénissait à-la-fois et les Français du Brisgaw et les paysans du Poitou, qui priaient et qui mouraient pour la même cause (6).

En quelque lieu que l'on suive Mgr le

Duc de Berry, on le voit toujours ce qu'il doit être, toujours l'homme de sa position. Conduit-il son régiment au fond de la Russie; il veut que l'ordre le plus parfait préside à cette longue et pénible marche; et s'il ordonne une stricte discipline, c'est pour faire admirer les troupes qu'il commande, persuadé que le malheur n'est réellement plaint que lorsqu'il est respecté. Un cavalier noble paraît-il choqué de la sévérité qu'il déploie, et se permet-il quelques expressions déplacées; le prince et le colonel disparaissent, mais le gentilhomme reste; et pendant que les troupes sont en marche, il entre dans un bois qui se trouvait sur la route, et engage le mécontent à le suivre. — Monsieur, lui dit-il, je sais que vous vous êtes permis plusieurs propos. — Mon Prince......... — Je le sais; ainsi vous m'en ferez raison : défendez-vous. — Que dites-vous, Monseigneur ? répond ce brave officier en découvrant sa poïtrine; tout

mon sang est à vous et à votre famille :
frappez , disposez de moi. — Hé bien !
soyons donc amis, s'écria le Duc en se jetant
dans ses bras; et pour que personne ne pût
imaginer qu'il eût usé de rigueur envers cet
officier , il revient en lui parlant avec une
bonté familière *.

C'est cet heureux mélange de vivacité che-
valeresque et de bienveillance presque frater-
nelle , qui lui avait gagné tous les cœurs de
ses compagnons d'armes. Trouvait-il l'occasion
de faire du bien ; comme il prévoyait un double
embarras pour celui qui en serait l'objet et pour
lui-même , il ne se confiait jamais à personne ,
et se cachait pour obliger avec autant de pré-
caution que ceux qui veulent nuire. A travers
tant de fatigues et de soins pénibles , il ne lui

---

* Cette anecdote est certaine ; c'est avec M. le Comte
de L.*** que M. le Duc DE BERRY a eu cette explication.
Depuis cette époque , sa bienveillance pour ce brave gentilhomme
ne s'est pas démentie un moment.

échappait jamais une plainte : si parfois il éprouvait une sorte de mal-aise moral, il se souvenait aussitôt de ce mot si profond de son gouverneur, « Vous n'avez plus d'autre res-» source que d'être un grand homme » ; et soudain il sentait renaître son courage (7).

Il est sur-tout un jour, l'un des plus cruels de sa vie, où ce Prince eut besoin de rassembler toutes les forces de son ame pour se mettre au-dessus de son infortune; c'est celui où son vieux général lui annonça le licenciement de ses fidèles gentilshommes : chacun d'eux n'éprouvait que sa propre douleur ; le Duc éprouvait la douleur de tous. C'est alors qu'il fut à même de juger de tout l'attachement qu'il leur avait inspiré; ils l'entouraient, le pressaient, le serraient dans leurs bras. Eh quoi! mon Prince, vous nous quittez! s'écriaient-ils; nous allons nous séparer! nous allons perdre notre bon CHARLES! Et le bon CHARLES tout en larmes, trop ému pour répondre, trop franc pour leur donner de l'espérance , s'arrache à leurs embrassemens, court vendre ses chevaux, ses équipages, et, après avoir réalisé une somme importante qu'il charge un homme sûr de distribuer, s'échappe sans indiquer le jour de son départ, pour éviter de tristes adieux (8).

C'est en Angleterre qu'il va chercher un asile. Là du moins il retrouvera son père et son Roi; il retrouvera son frère et son meilleur ami; il retrouvera la fille de Louis XVI, qui, dès sa plus tendre jeunesse, n'a vu autour d'elle que des sceptres brisés et des grandeurs déchues; il retrouvera enfin le guide de son enfance , l'homme éclairé dont la prudence avertit sa vivacité. Quelquefois aussi il s'élancera d'un rivage à l'autre; il croira voir cette belle France, unique objet de tous ses vœux; il vivra de songes et d'espérances, en attendant que le destin, qu'il ne peut maîtriser, lui rende une patrie qu'il idolâtre , et lui fasse des amis de tous ceux qui pourront le connaître.

Il arrive ce moment heureux acheté par tant 1814.
d'infortunes : la France, plutôt écrasée que vaincue, ne demande qu'à panser ses blessures; elle
a besoin d'ordre, de repos, de sûreté; elle a
besoin des Bourbons : ils vont accourir, et nous
allons voir ce jeune Prince, grandi par sa situa-
tion nouvelle, donner un essor plus brillant à
ses nobles vertus, exécuter sur un plan plus
vaste ses idées utiles et ses projets bienfaisans,
et mériter enfin qu'on dise de lui : Non, l'on
n'aurait jamais crû qu'il pût tenir tant de bonté
dans le cœur d'un seul homme.

SECONDE PARTIE.

1814. Monseigneur le Duc d'Angoulême était à Bordeaux, et Monsieur en Franche-Comté. Impatient de revoir sa patrie, M.ᵍʳ le Duc de Berry s'embarque le 10 avril sur *l'Eurotas*, décidé à descendre au premier endroit de la côte où il pourra débarquer. Le lendemain, se trouvant à la hauteur de Cherbourg, il entend une forte décharge d'artillerie : « Allons, dit le »Duc au capitaine anglais, entrons à Cherbourg. »—Prenez garde, répond celui-ci ; Napoléon »n'a pas encore abdiqué : c'est peut-être un piége »qu'on veut vous tendre. —Un piége ! les Fran- »çais, un piége ! C'est un appel, Monsieur ; c'est un »appel. Encore une fois, entrons à Cherbourg ; »

et voilà que ce bon Prince fait diriger le navire
vers le port célèbre dont, trente ans auparavant, le plus malheureux des Rois avait jeté
les fondemens et ordonné les travaux. Déjà le
vaisseau qui porte un Bourbon est à la vue
de Cherbourg; il fait des signaux, les bâtimens
lui répondent; le drapeau blanc flotte de toutes
parts; la population s'élance sur le rivage; le
Prince descend, ou plutôt il se précipite, *affamé
de voir des Français*. Chère France! avait-il
dit à son départ: chère France! s'écrie-t-il à son
retour. Il pleure de joie, il embrasse la foule
avide qui se presse sur ses pas : il ne craint
point de se tromper; il ne peut embrasser que
des amis : tout ce qui l'entoure est français.
Vivent les Bourbons ! criait tout un peuple
enchanté; *vive la France !* répondait le Prince.
Il traverse ainsi la Normandie, au milieu des
chants d'allégresse et des arcs de triomphe ; il
s'arrête à Caen pour y délivrer les prisonniers,
à Rouen pour visiter les manufactures, et il

arrive à Paris d'émotions en émotions et de fête en fête. Trouvant son premier plaisir dans son premier devoir, il court embrasser un père; puis, apercevant les maréchaux, il se jette dans leurs bras : « Permettez, Messieurs, que je vous »fasse partager tous mes sentimens », s'écrie le Prince avec l'accent d'un noble enthousiasme, et il serre contre son cœur tous ces vieux guerriers, dont il reconnaît les services et dont il adopte la gloire.

Si l'aspect de Paris produit une vive impression sur un étranger qui le voit pour la première fois, que l'on juge de ce qu'éprouvait un Fils de France, né avec une ame ardente et un vif amour de son pays. Le Prince ne trouvait pas assez de temps pour satisfaire sa curiosité; l'emploi de toutes ses heures était réglé. Visiter les établissemens publics, les monumens du génie; se faire nommer une fois, pour ne les oublier jamais, tous les hommes qui, par leur industrie ou leurs talens, honoraient la France;

protéger les arts, et entretenir chez les artistes
ce feu sacré dont Louis XIV avait allumé le
flambeau : telles furent ses occupations favorites
pendant les trois premiers mois de son séjour
à Paris ; tel fut le sage emploi de sa vie (9).

Cependant il voulait connaître la France ;
il lui restait à faire ce qu'il nommait avec tant
de délicatesse un *Voyage de famille :* il l'en-
treprit, et ce fut pour lui une suite non inter-
rompue de plaisirs vrais et de douces jouissances.
A Lille, il visite les fortifications et se concilie
pour jamais l'affection des habitans ; à Stenay,
il se rappelle avoir déjà demeuré, en 1792,
dans la maison qu'il habite, et veut y donner
un bal à toute la ville ; à Metz, il passe des
revues, commande des manœuvres brillantes
et témoigne un vif intérêt au plus loyal et au
plus brave de nos guerriers *. A Lunéville,

* M. le maréchal duc de Reggio, qui commandait alors à
Metz la garde royale.

on veut écarter la foule qui le serrait de trop près : « Non, dit-il, laissez approcher ces braves » gens ; nous avons du plaisir à nous voir. » A Nancy, il accepte un banquet et porte la santé de Stanislas-le-Bienfaisant. Il parcourt ensuite cette Alsace, devenue française, il y a cent cinquante ans, par un Bourbon ; restée française en 1814, toujours par un Bourbon. Par-tout on l'aime, on le bénit ; par-tout on pleure, de joie de le voir, de regret de le quitter : l'atelier du peintre, le salon du riche, la boutique de l'artisan, le camp du guerrier, la cabane du pauvre, la ferme du laboureur, tout répète son nom, tout retentit de ses louanges ; on voudrait qu'il restât sans cesse aux lieux qu'il visite en courant, et l'on ne peut se consoler de le perdre que par l'espérance de le revoir.

1815. A peine était-il de retour à Paris, que Buonaparte s'échappe de l'île d'Elbe et se jette sur les côtes de Provence. Au premier bruit

de son débarquement, on parla de charger
Mgr le Duc DE BERRY du commandement des
troupes réunies à Besançon. Ce projet si noble,
si simple et si raisonnable, aurait pu nous éviter
la dépense d'un milliard et trois années d'occupation; il aurait pu sauver la France : il ne
fut pas réalisé; une trahison habilement ourdie
facilita la marche de l'usurpateur et nécessita
le départ du Roi et des Princes.

Peindrai-je le désespoir des royalistes en
voyant s'éloigner la première des familles fran-
çaises, cette famille qui, pour emprunter l'ex-
pression du grand Bossuet, avait *ce je ne sais
quoi d'achevé que les malheurs ajoutent aux
grandes vertus?* Rappellerai-je tant d'évolutions
si brusques et si honteuses vers le pouvoir de
fait? Dirai-je que des magistrats.....? Non, je
dois jeter un voile sur de si lamentables erreurs; tous les souvenirs qui pourraient réveiller
les haines, seraient déplacés dans l'éloge d'un
Bourbon : je dirai seulement, pour faire bien

connaître celui dont j'écris l'histoire, qu'à l'époque de ce second exil, le plus ardent, le plus brave, le plus impétueux des Princes, fit céder son indignation à son amour pour les Français. En passant à Béthune, des insensés osèrent proférer en sa présence le cri de l'infidélité ; il les sauva de la fureur de ses troupes. A Waterloo, il se rendit sur le champ de bataille, et pansa lui-même plusieurs soldats blessés : c'est ainsi qu'il combattait les Français ; c'est ainsi que rentrait dans son pays le neveu d'un Roi *qui n'avait voulu prendre part à la guerre que pour se placer entre les alliés et la France* [*].

Des jours prospères succèdent à des jours d'effroi ; la campagne la plus courte qu'on ait jamais faite, commence le 13 juin et finit le 18 : aucun obstacle ne s'oppose à l'arrivée du Roi ; il rentre dans la capitale. Bientôt le

---

[*] Proclamation du Roi.

Duc de Berry va présider un collége électoral ; Lille, si fidèle au 20 mars, le possède dans ses murs ; il prononce le discours le plus touchant, et rapporte à son souverain tous les hommages et tous les vœux.

Ce Monarque, tout occupé de l'avenir de la France, et *voulant fermer l'abîme des révolutions*, avait arrêté, dans sa pensée, le mariage 1816. d'un neveu qu'il appelait son fils ; un Roi éprouvé, comme notre Roi, par l'infortune et l'exil, un autre Bourbon, consent à nous envoyer la petite-fille de Marie-Thérèse. On se rappelle avec quel enthousiasme les Pairs et les Députés reçurent cette communication ; et tandis que le Parlement d'Angleterre, s'appuyant sur les principes d'une économie injurieuse, et raisonnant quand il fallait sentir, réduisait de moitié le budget présenté par la Couronne pour la maison de ses Princes, nos Chambres assemblées votaient, par acclamation, une augmentation du double dans les sommes que les ministres demandaient pour le mariage (10).

Une jeune Princesse, l'orgueil de la Sicile et l'espoir de la France, traverse les mers, et n'entend, sur sa route de Marseille à Paris, que des chants joyeux, les cris de l'allégresse et les hymnes de la reconnaissance.

C'est alors que commence une nouvelle destinée pour M.ᵍʳ le Duc DE BERRY; c'est alors qu'une autre position développe chez lui d'autres vertus. Parlez, nobles dames qui entourez l'aimable CAROLINE; parlez, serviteurs fidèles que l'on voyait presque toujours auprès des deux époux : dites si l'amour peut avoir des soins plus tendres, le respect, des déférences plus marquées, l'amitié, des prévenances plus délicates que le Duc DE BERRY n'en avait pour son auguste compagne : son âge était alors presque voisin de l'enfance; le Prince, pour lui plaire, redevenait enfant lui-même, se prêtait à ses jeux naïfs, et gagnait ainsi son cœur et son entière confiance. Que de fois leurs nobles ames se sont rencontrées dans le projet d'une bonne action, et quel plaisir c'était pour eux de voir qu'ils avaient eu la même pensée! Il est bien rare qu'une femme née sensible n'aime pas un époux dont elle est fière. Que l'on juge à quel point la jeune Princesse devait adorer le sien, puisqu'elle avait sans cesse de nouveaux motifs de l'estimer davantage, et de s'enorgueillir de sa conduite. Tantôt elle apprenait que cet excellent Prince, se rendant à Compiègne, avait fait arrêter son équipage et s'était exposé à périr au milieu des flammes, pour porter du secours à une pauvre famille dont le feu consumait l'antique demeure; tantôt elle le voyait descendre de calèche, y placer un soldat blessé, le faire conduire à l'hôpital, revenir gaiement avec elle à l'Élysée en lui donnant le bras, et trouver le ciel plus pur, l'air plus doux et le chemin plus beau ; tantôt, enfin, elle recevait une lettre de remercîment pour un service que

C

par hasard elle n'avait pas rendu, et que le Prince avait rendu en son nom : ces preuves mille fois répétées d'une délicatesse exquise et d'une bonté parfaite pénétraient d'admiration et d'amour la jeune Princesse. Douée par la nature d'une sensibilité profonde, elle trouvait du charme à la répandre dans un cœur fait pour le sien. En parlant du bien qu'elle voulait faire, elle était toujours sûre d'être entendue, comprise, souvent même devinée ; en parlant de ses peines, elle était toujours sûre de les adoucir. Lorsque le ciel lui donna deux fois le titre de mère pour le lui retirer, en ne lui laissant que des regrets, avec quelle tendresse le Prince partageait ses chagrins ! comme, en la suppliant de s'armer de courage, il mêlait ses larmes aux siennes !.. Ses forces ne pouvaient suffire pour renfermer une si grande douleur ; elle éclatait en sanglots, et le consolateur avait besoin d'être consolé.

Étranger aux affaires publiques, simple passager sur le vaisseau de l'État, Mgr le Duc DE

BERRY laissait le gouvernail au pilote ; tout son temps se partageait entre l'étude des langues, les soins de son intérieur et la culture des arts. Nos plus habiles graveurs, nos peintres les plus célèbres, ne prononcent son nom qu'avec reconnaissance ; il savait les juger en artiste et les récompenser en prince. Les orphelins, les pauvres, les vieillards, les émigrés, les militaires sans fortune, tous les genres de malheurs, en un mot, avaient part à ses libéralités ; sa bienfaisance s'échappait par une foule innombrable de canaux : président de la Société philantropique, il s'exprimait dans les séances publiques et dans les comités particuliers avec cette ineffable bonté dont le souvenir est toujours pour elle un bonheur. Si l'on demande comment, avec des revenus qui étaient loin d'être immenses, sa bienfaisance paraissait inépuisable, un seul mot l'expliquera : Mgr le Duc DE BERRY possédait au suprême degré cette vertu que l'on nomme la richesse du pauvre et qui est aussi l'opulence du riche, l'économie. Il mettait dans ses dépenses un ordre admirable : frais journaliers, aumônes, plaisirs, objets d'art, fantaisies même, tout était prévu, réglé, calculé. Le petit-fils d'Henri IV avait lu les Mémoires de Sully.

Cependant le ciel écouta les vœux de la France, et la naissance de MADEMOISELLE sembla promettre que le trône aurait bientôt un héritier. Il ne fallait pas moins qu'un si doux espoir pour maintenir la tranquillité ; d'effrayans symptômes menaçaient de la troubler : le plus sage et le plus prudent des Rois avait averti ses sujets qu'*une inquiétude vague, mais réelle, agitait les esprits.* Des libelles infames répandus dans les garnisons prêchaient aux troupes la désobéissance ; d'horribles anniversaires étaient célébrés dans des banquets nocturnes ; des gravures prohibées se colportaient effrontément ; la religion dominante était traitée avec le dernier mépris dans des brochures incendiaires ; des doctrines perverses étaient substituées à nos dogmes sacrés :

on osait imprimer que les Princes n'étaient pas plus que les autres hommes ; et, pour prouver qu'ils étaient même beaucoup moins, on leur prêtait des ridicules ou des vices : enfin, d'un côté, le découragement de la vertu indignée, et, de l'autre, toute l'audace d'une licence impunie, tels étaient les signes trop certains qui annonçaient de grands événemens.

Les éclairs ne suffirent pas... le ciel lança la foudre.... Le coup fut terrible.... il retentira long-temps encore dans la France désespérée. C'était l'époque destinée au plaisir : déjà le Prince avait réuni chez lui, dans deux fêtes brillantes, tout ce que l'armée avait de plus distingué, la noblesse de plus illustre, et les autres classes de plus remarquable ; les personnes qu'il avait honorées de ses invitations, étaient sorties enchantées de la noble franchise de ses manières et de sa politesse affectueuse. Tous les jours consacrés à la folie avaient été marqués pour lui par quelque fête ou quelque plaisir. Le dimanche

13 février, le malheureux Prince se plaint gaiement, au dîner du Roi, *de n'avoir rien à faire;*
et après avoir réjoui Sa Majesté par les détails
d'un bal brillant auquel il avait assisté la veille,
il se rend à l'Opéra avec sa jeune épouse ;
jamais il n'avait été si gai : il entre dans la loge
du Duc d'Orléans ; le public jouit de le voir
caresser avec une bonté presque enfantine les
jeunes Princes. Cependant onze heures sonnent;
la Princesse fatiguée se retire, Monseigneur la
reconduit; et après lui avoir dit, *Adieu, Caroline,*
nous nous reverrons bientôt, il se dispose à
remonter, lorsqu'un monstre qui l'épiait depuis trois heures comme un tigre qui rôde autour
de sa proie, un monstre qui s'était rendu invi-
sible pour tout le monde, se précipite et lui
plonge un poignard dans le cœur!....

Le Prince s'écrie, *Je suis assassiné !* et retire
lui-même, avec le plus grand courage, de la
blessure, le fer meurtrier. La Princesse s'élance,
l'embrasse avec force... tout son sang rejaillit sur

elle. On transporte l'auguste victime dans une salle voisine ; on lui prodigue les soins les plus tendres : il tâche de sourire aux efforts du zèle ; mais ce mot terrible lui échappe, *Tout est inutile, je suis frappé à mort* (11).

C'est ici que l'écrivain doit rassembler toutes les forces de son ame pour tracer le tableau de cette nuit horrible, et pour peindre à grands traits un spectacle digne d'une éternelle pitié. Venez, misérables ennemis d'une noble famille ; venez : je veux, pour votre supplice, vous traîner dans cette enceinte dont un martyr a fait un temple, dont la douleur a fait un sanctuaire. Venez voir ce que la résignation offre de plus touchant, l'amour de plus tendre, l'amitié de plus pur. Contemplez sur son lit de mort un jeune Prince, modèle de toutes les vertus ; voyez auprès de ce lit funèbre une jeune Princesse avec une couronne de roses et une robe de sang : ange de bonté, dont l'infortune fait une héroïne. Venez voir cette autre Princesse réservée à toutes

les douleurs, et qui s'est tellement fortifiée dans
sa lutte avec l'adversité, qu'elle s'est mise au-
dessus du malheur même; et ce père qui pleure
encore son fils assassiné, près de ce père qui
va pleurer le sien; et ce frère, dont le sang
se glace dans ses veines lorsqu'il voit couler
celui de son frère, de son premier ami; et ce
Roi, ce vieillard vénérable, qui vient imprimer sur cette scène de désolation le caractère
sacré de la majesté royale uni à la tendresse pa-
ternelle. Voilà ce que vous verrez; vous abju-
rerez votre haine pour tout ce qui est légitime;
vous ne pourrez plus qu'admirer et pleurer, et
vous direz : « C'en est fait, je crois à la vertu; je
» crois à cette sainte famille, qui ne veut que le
» bonheur de la France, et qui sait toujours
» mourir et toujours pardonner. »

Cependant le Prince, qui avait d'abord perdu
connaissance, était revenu à lui : il aurait dû
mourir à l'instant même, c'était le vœu du
crime; mais le ciel ne le permet pas, il lui

accorde... une nuit!.. il saura la remplir : les vertus qui ornaient ce noble cœur qu'un monstre a frappé, vont en sortir toutes ensemble pour embellir son trépas héroïque; et son ame, comme un miroir pur, réfléchira pendant six heures sa vie entière. Chrétien, il demande un prêtre, dépose dans son sein l'aveu de ses fautes, prend le crucifix, et, martyr lui-même, il embrasse un Dieu martyr; époux, il est heureux *de mourir dans les bras de sa femme, de sa chère Caroline;* tendre père, il appelle sa fille et ses autres enfans; fils respectueux, il appuie ses lèvres glacées sur les mains d'un père; frère plein de tendresse, il regarde avec amour son frère et l'orpheline du Temple; il leur ouvre son ame, leur confie tous ses secrets, et n'essaie de leur cacher que ses souffrances.

Un autre soin encore l'agite et l'oppresse; neveu de Louis XVI, il a besoin de pardonner; il veut sauver celui qui le tue : *Grâce, grâce pour l'homme qui m'a frappé!.... Le Roi! le Roi!*

s'écriait-il avec un accent qui brisait toutes les ames... Puis, s'adressant à MONSIEUR : *Mon père, si je meurs avant que mon oncle arrive, pouvez-vous me promettre la grâce de l'homme ?* et il comptait les minutes qui lui restaient à vivre, et il se faisait tâter le pouls pour constater son existence, possédé qu'il était du besoin de laisser vivre son meurtrier. Parlez, ennemis du trône ; dites si la clémence s'est jamais offerte à vos yeux sous un aspect aussi attendrissant et sous des traits aussi sublimes.

Le malheureux Prince, ignorant qu'on avait prévenu Sa Majesté le plus tard possible, se penchait pour écouter si elle arrivait. Enfin on annonce le Roi ; il se soulève avec effort, et répète, du ton de voix le plus animé : *Grâce, grâce pour l'homme qui m'a frappé !* — *Occupons-nous de vous, mon fils,* répondit le Roi. — *Tout est fini pour moi !* reprit-il. Il serra avec respect les mains de son père et de son Roi, et s'écria : *O ma patrie ! ô malheureuse France !* Ces mots

furent les derniers qu'il prononça ; à six heures,
il cessa de vivre. Sa Majesté, avec un courage
qu'un Roi seul peut avoir, rendit à son fils les derniers devoirs, lui ferma les yeux ; son ame s'en-
vola vers les demeures célestes, et Dieu lui permit
de s'asseoir entre les deux Saints Louis (12).

La Princesse, que l'on avait éloignée au moment suprême, rentre tout-à-coup, répond, avec
une énergie qu'elle puise dans sa tendresse, à ceux
qui veulent la retenir : *Laissez-moi, je le veux,
je l'ordonne ;* s'élance sur le malheureux Prince,
et, s'apercevant que ses mains sont déjà glacées
par la mort, se livre au plus violent désespoir :
« *Charles !* s'écrie-t-elle, *bon Charles, reviens*
» *à la vie.* Je le savais bien qu'une si belle ame
» retournerait aux cieux... Mais moi, pourquoi
» suis-je condamnée à vivre encore, moi qui ne
» suis plus sur la terre que pour pleurer ? »

Oui, pleurez, malheureuse Princesse ; pleurez : vous avez perdu le plus tendre et le meilleur
des époux ; pleurez votre ami, votre guide, votre

confident. Eh! pourrions-nous chercher à vous consoler, nous qui pleurons aussi sur un si grand malheur, sur nos espérances déçues, sur la monarchie frappée dans son avenir? La France toute entière pleure comme vous, elle unit ses douleurs aux vôtres, elle demande vengeance à un Monarque *homme par le cœur et Roi par devoir.* Oui, nous pleurons tous un si bon Prince; et si, comme l'assure un magistrat célèbre, quelques-uns ont témoigné une joie féroce, ce ne sont pas des Français, ce sont des compatriotes de Louvel.

On a dit que l'infortuné Duc DE BERRY avait quelques traits de ressemblance avec le bon Henri : c'est dire trop peu ; cette ressemblance est extraordinaire, incroyable; il est aisé de s'en convaincre. Je suppose que, dans cinquante ans, un auteur, sans indiquer le nom du modèle, fasse imprimer le portrait que je vais tracer :

« La France posséda un Prince qui passa son » enfance au milieu des troubles civils ; il reçut

» une éducation guerrière; il ne vit dans les
» Français infidèles que des enfans égarés; son
» cœur, inaccessible à la vengeance, fut tou-
» jours ouvert aux plaintes de l'infortune; vif
» jusqu'à la brusquerie, il réparait les torts de
» sa vivacité avec tant de charme et de grâce,
» qu'on aurait presque été fâché qu'il ne les eût
» pas; plein de noblesse et de franchise, il ne
» pouvait concevoir ni la trahison ni la bas-
» sesse: s'il fut entraîné quelquefois par l'ardeur
» des passions, il en conserva deux qui doivent
» lui faire pardonner les autres, l'amour de son
» pays et l'amour de la gloire. Ce bon Prince
» périt assassiné : la France ne s'en consolera
» jamais; elle lui a consacré des monumens, et
» sa mémoire lui sera toujours chère. »

Je le demande, ne pourrait-on pas mettre
également au bas de ce portrait ou le nom
d'HENRI IV ou le nom de BERRY?

Voilà, Français, voilà le Prince qui devait
régner sur nos neveux; voilà de quel trésor un

seul homme a déshérité notre patrie! Pourquoi le sort, jaloux de notre avenir, nous livre-t-il à une douleur sans espérance!....

Sans espérance!.... qu'ai-je dit? Le ciel n'a-t-il pas permis qu'un héros mourant nous révélât un secret bien doux pour nos cœurs? une veuve auguste ne porte-t-elle pas dans son sein le gage de nos félicités futures? Ah! qu'il naisse et qu'il vive, ce noble enfant; que la patrie caresse d'avance! Il n'aura point, hélas! le bonheur de voir son père: mais sa mère lui dira combien il nous aimait, combien nous l'aimions; il sera élevé sous les yeux de deux Princesses qui regardent leur rang comme une obligation de plus, leurs richesses comme un dépôt, leurs chagrins comme des épreuves; il charmera la vieillesse d'un aïeul et d'un Roi, qui reporteront sur ce rejeton miraculeux tout leur orgueil, leur joie et leur amour; il multipliera cette auguste race, qui se venge des assassins en leur pardonnant, et des méchans en les rendant heureux; il croîtra pour nous rendre les vertus de son père ; et tous les Français réunis abjureront leurs haines entre le cercueil du Duc DE BERRY et le berceau du Duc DE BORDEAUX.

NOTES.

NOTES.

NOTE 1.

M. le duc de Sérent a mérité depuis long-temps l'estime du Roi et des Princes. S. A. R. Monsieur l'honore de son amitié. Deux de ses fils ont été victimes de leur dévouement à la cause royale; ils ont péri dans la Vendée. J'adresse ici à M. le duc de Sérent des remercîmens publics, pour l'extrême bonté avec laquelle il m'a donné les détails qu'il a pu me procurer.

D

NOTE 2.

On dit que ces dessins existent encore, et que
Mme la comtesse de G*** en est propriétaire.

NOTE 3.

Le lendemain de l'arrivée du Roi à l'armée de
Condé, on fit mettre à l'ordre la note suivante :

PAR ORDRE EXPRÈS DU ROI.

« Des circonstances impérieuses nous retenaient
» depuis long - temps éloigné de vous, lorsqu'une
» insulte aussi imprévue que favorable à nos vœux
» ne nous a plus laissé d'asile ; mais on ne peut
» nous ravir celui de l'honneur.

» Le Sénat de Venise nous a fait signifer de sortir,
» dans le plus court délai, des États de sa république :
» à cette démarche, non moins offensante pour l'hon-
» neur du nom français que pour notre personne
» même, nous avons répondu : *Je partirai ; mais*
» *j'exige deux conditions : la première, qu'on me*

» *présente le livre d'or où ma famille est inscrite,*
» *pour en rayer le nòm de ma main ; la seconde ,*
» *qu'on me rende l'armure dont l'amitié de mon*
» *aïeul Henri IV a fait présent à la république.*

» Nous venons donc nous rallier au drapeau blanc,
» près du héros qui vous commande et que nous
» chérissons tous.

» Notre présence contribuera sans doute , autant
» que votre valeur , à hâter la fin des malheurs de
» la France, en montrant à nos sujets égarés, encore
» armés contre nous , la différence de leur sort sous
» les tyrans qui les oppriment, avec celui dont
» jouissent des enfans qui entourent un bon père. »

Signé LOUIS.

D 2

NOTE 4.

L'ordre suivant fut donné à l'armée, le 1.ᵉʳ de mai :

« Le Roi, desirant que tous les individus qui
» composent l'armée partagent sans restriction le bon-
» heur que sa présence procure à ses fidèles sujets,
» et dont Sa Majesté jouit elle-même, a bien voulu
» agréer la proposition que lui a faite S. A R. M.ᵍʳ le
» Duc de Berry, de concert avec S. A. S. M.ᵍʳ le
» Prince de Condé, de faire sortir de prison et des
» arrêts tout officier, chasseur ou cavalier noble, et
» tout soldat, cavalier, dragon, hussard et chasseur
» qui s'y trouveront.

» En conséquence, Son Altesse Sérénissime or-
» donne que toute punition cesse d'avoir son effet à
» la réception du présent ordre, exceptant néanmoins
» de cette disposition tous ceux de ces derniers qui,
» à raison de quelques crimes ou délits graves,
» seraient dans le cas d'être poursuivis civilement ou
» militairement. »

NOTE 5.

Après la mort du jeune Roi Louis XVII, S. M. Louis XVIII répondit les lettres suivantes au Prince de Condé, au Duc de Bourbon et au Duc d'Enghien.

Lettre du Roi au Prince de Condé.

« Mon cousin, je suis touché, comme je dois
» l'être, des sentimens que vous m'exprimez au sujet
» de la perte irréparable que je viens de faire en la
» personne du Roi, mon seigneur et neveu. Si
» quelque chose peut adoucir ma juste et profonde
» douleur, c'est de la voir partagée par ceux qui me
» sont chers à tant de titres. La France perd un Roi
» dont les heureuses qualités, que j'avais vues se dé-
» velopper dans sa plus tendre enfance, annonçaient
» qu'il serait le digne successeur du meilleur des Rois.
» Il ne me reste plus qu'à implorer le secours de
» la divine Providence, pour qu'elle me rende digne
» de dédommager mes sujets d'un si grand malheur :
» leur amour est le premier objet de mes desirs; et
» j'espère qu'un jour viendra où, après avoir, comme

» Henri IV, reconquis mon royaume, je pourrai,
» comme Louis XII, mériter le titre de père de mon
» peuple. Dites aux braves gentilshommes, aux fidèles
» troupes dont je vous ai confié le commandement,
» que l'attachement qu'ils m'expriment par votre
» organe, est déjà pour moi l'aurore de ce beau jour,
» et que je compte principalement sur vous et sur
» eux pour achever de le faire éclore. Je vous renou-
» velle avec plaisir l'assurance de tous les sentimens
» avec lesquels je suis, mon cousin,

» Votre très-affectionné cousin. »

Signé LOUIS.

A Vérone, ce 24 juin 1795.

Lettre du Roi au Duc de Bourbon.

« Mon cousin, je suis fort sensible à la part
» que vous prenez à ma juste douleur; elle en adoucit
» un peu l'amertume. Je suis bien sûr que vous
» combattrez pour moi comme vous avez combattu
» pour le feu Roi, mon seigneur et neveu :
» mais j'espère que ce ne sera pas au même prix ;

» votre sang est trop précieux pour l'État et pour
» moi, pour que je ne desire pas vivement qu'il
» plaise à Dieu de l'épargner. Comptez toujours sur
» l'estime et l'amitié véritables avec lesquelles je suis,
» mon cousin,

  » Votre très-affectionné cousin. »

Signé LOUIS.

Vérone, ce 24 juin 1795.

Lettre du Roi au Duc d'Enghien.

  « Mon cousin, je reçois avec une vraie sensibilité
» votre compliment sur la nouvelle perte que je viens
» de faire du Roi, mon seigneur et neveu; je ne
» suis pas moins touché de vos vœux pour moi : vous
» n'avez, pour les remplir, qu'à imiter et à tâcher
» d'égaler les modèles que Dieu semble avoir placés
» tout exprès sous vos yeux pour votre instruction,
» dans votre père et votre grand-père. Soyez bien
» sûr, en attendant, de tous les sentimens avec les-
» quels je suis votre affectionné cousin. »

Signé LOUIS.

Note 6.

Ces derniers mots sont extraits de l'ouvrage de
M. d'Ecquevilly, intitulé, *Campagnes. de l'armée
de Condé*, dans lequel on trouve des faits curieux et
des matériaux pour l'histoire.

Note 7.

C'est à cette époque que le Roi Louis XVIII faillit
être assassiné. Voici comment M. le duc de Villequier
raconte ce fait à Mgr le Prince de Condé :

« Le Roi ayant quitté l'armée de Condé à Vil-
» lingen, Sa Majesté se rendit dans le plus grand
» incognito, accompagnée de trois de ses serviteurs,
» à Dillingen, petite ville près du Danube, appar-
» tenant à l'Électeur de Trèves ; elle comptait s'y
» arrêter un moment et se remettre ensuite en route
» pour aller chercher un asile en Saxe, et attendre,
» comme elle l'avait dit en partant à ses braves com-
» pagnons d'armes, des circonstances plus heureuses

» pour venir de nouveau combattre pour le salut de
» ses malheureux sujets.

» Le 19 juillet au soir, le Roi était dans son
» auberge; il avait travaillé toute l'après-midi pour
» expédier le comte d'Avaray, qu'il chargeait d'aller
» préparer plusieurs choses relatives à son voyage.
» Celui-ci venait de quitter Sa Majesté pour passer
» dans sa chambre: il était environ dix heures du
» soir. Le Roi, fatigué par le travail et la chaleur,
» s'était mis à la fenêtre avec le duc de Fleury: il
» faisait clair de lune qui ne donnait cependant pas
» sur la maison; les lumières qui étaient en arrière
» sur la table, éclairaient la tête du Roi. Il y avait
» à peine un quart d'heure que Sa Majesté s'était mise
» à la fenêtre, qu'un coup de carabine fortement
» chargée part dans l'obscurité d'une arcade voisine;
» la balle atteint le Roi au sommet de la tête, frappe
» le mur et tombe dans la chambre. Au mouvement
» que fait le Roi, le duc de Fleury s'écrie, le duc
» de Gramont accourt, le comte d'Avaray revient
» sur ses pas; ils croient leur maître blessé mortel-
» lement en le voyant tout couvert de sang. Le Prince

» courageux leur dit tranquillement : *Rassurez-vous,*
» *mes amis ; ce n'est rien, rien du tout : vous voyez*
» *bien que je suis resté debout, quoique le coup*
» *soit à la tête.*

» Il ne se trouvait pas là de chirurgien ; celui du
» Roi était encore auprès d'Ulm aux équipages de
» l'armée : il fallait cependant étancher le sang, cou-
» per les cheveux pour juger de la profondeur de la
» plaie ; ce fut-là le cruel office des trois serviteurs
» de Sa Majesté, qui voyaient ruisseler le sang pré-
» cieux de leur maître, dont le calme et les discours
» ne pouvaient dissiper leur juste effroi. Le Roi ne
» s'était assis qu'après quelques minutes : sa plaie
» était profonde, affreuse ; et il ne fallait rien moins
» que le raisonnement, qu'à l'exception du Roi
» chacun avait perdu, pour juger qu'une blessure
» mortelle à la tête ne permet pas de marcher ni
» d'agir. Un chirurgien de la ville s'étant présenté,
» il posa le premier appareil en attendant l'arrivée
» du chirurgien de Sa Majesté, qui arriva à quatre
» heures après midi le lendemain, et donna le bul-
» letin suivant, après avoir levé l'appareil provisoire :

La balle qui a frappé Sa Majesté, a été portée et dirigée à la partie supérieure de la tête; le péricrâne a été légèrement offensé : jusqu'à présent il n'y a point de fièvre; il y a tout lieu de croire que l'issue n'en sera pas fâcheuse.

Signé COLON, *Chirurgien du Roi.*

Le 20 Juillet 1796.

» Il est impossible de montrer plus de douceur, » plus d'intérêt pour ses serviteurs éperdus que le » Roi ne l'a fait dans cette occasion. L'un d'eux s'étant » écrié, *Ah ! mon maître, si le misérable eût* » *frappé une demi-ligne plus bas.* — *Eh bien !* » *mon ami,* reprit-il froidement, *le Roi de France* » *se nommerait Charles X.* La régence de Dillingen » et le commandant militaire se sont parfaitement » conduits, et ont donné tous leurs soins pour le » service du Roi et la recherche de l'assassin, que » tout porte à faire regarder comme étranger au pays. » Le monstre s'est évadé, et il est bien à craindre » qu'on ne perde sa trace; il a pu croire son crime » accompli, et est sans doute allé recevoir son salaire. »

NOTE 8.

Un an auparavant, Mgr le Duc DE BERRY avait déjà quitté momentanément l'armée de Condé ; et pour lui témoigner le regret qu'il avait de s'en séparer, il lui adressa la lettre suivante :

Lettre du Duc DE BERRY à l'armée.

« Après avoir été si long-temps au milieu et à
» la tête de la noblesse française, qui, toujours fidèle,
» toujours guidée par l'honneur, n'a pas cessé un
» instant de combattre pour le rétablissement de l'au-
» tel et du trône, il est bien affligeant pour moi
» d'être obligé de me séparer d'elle, dans le moment
» sur-tout où elle donne encore une nouvelle preuve
» d'attachement à la cause qu'elle a embrassée, en
» préférant abandonner ses biens et sa patrie plutôt
» que de jamais plier sa tête sous le joug républi-
» cain.

» Je vais rejoindre le Roi. Je ne lui parlerai pas
» du zèle, de l'activité et de l'attachement dont la

» noblesse française a donné tant de preuves dans
» le cours de cette guerre ; il connaît tous ses mérites
» et sait les apprécier : je me bornerai à lui marquer le
» vif desir que j'ai et que j'aurai toujours de rejoindre
» mes braves compagnons d'armes, et je les prie d'être
» bien persuadés que, quelque distance qui me sépare
» d'eux, mon cœur leur sera éternellement attaché,
» et que je n'oublierai jamais les nombreux sacrifices
» qu'ils ont faits et les vertus héroïques dont ils
» ont donné tant d'exemples. »

Signé CHARLES-FERDINAND.

NOTES DE LA SECONDE PARTIE.

NOTE 9.

M.ᵍʳ le Duc DE BERRY a consacré des sommes considérables à l'encouragement des artistes : aussi tous le regrettent comme un protecteur ardent et un juge éclairé.

NOTE 10.

Discours à l'occasion du mariage de M.ᵍʳ le Duc DE BERRY.

M. le Chancelier, président de la Chambre des Pairs, adressa la parole à Sa Majesté en ces termes :

« SIRE ,

« La Chambre des Pairs s'empresse d'apporter à
» Votre Majesté l'hommage de sa respectueuse recon
» naissance d'une communication dont elle a vivement
» senti le prix.

» Il ne suffisait pas à la France d'avoir recouvré
» avec son Roi légitime toutes les garanties de force
» et de bonheur que la loi sacrée de l'hérédité rattache
» aux Princes de votre auguste dynastie : il nous tar-
» dait encore de voir se multiplier, le plus près pos-
» sible du trône, les gages de son éternelle stabilité.

» C'est dans l'auguste Maison qui, depuis tant de
» siècles, nous gouverne avec tant de gloire, que la
» sagesse de Votre Majesté choisit, pour le descendant
» de Henri IV et de Louis-le-Grand, une Princesse
» de leur noble sang : les immortelles vertus de nos
» plus grands Rois, ainsi rapprochées par une com-
» mune origine, se reproduiront avec plus d'éclat.

» Vos fidèles sujets les Pairs de France applau-
» dissent avec transport à cette alliance de famille,
» dont nous voyons près de vous un exemple touchant
» qui présage à Votre Majesté, comme à la France, un
» nouvel accroissement de gloire et de bonheur. »

Le Roi répondit :

« Je suis très-touché des sentimens que la Chambre

» des Pairs m'exprime dans une occasion aussi heu-
» reuse.

» J'ai voulu, dans cette circonstance, augmenter
» non-seulement le bonheur de mon intérieur, mais
» celui de la France entière. En multipliant ma fa-
» mille, c'est multiplier les héritiers de mon amour
» pour les Français. »

La grande députation de la Chambre des Pairs se
rendit ensuite chez MONSIEUR, auquel M. le Chancelier adressa le discours suivant :

« MONSEIGNEUR,

» La permission du Roi autorise la Chambre des
» Pairs à présenter à Votre Altesse Royale ses respec-
» tueuses félicitations sur le grand événement qui se
» prépare dans son auguste famille.

» Depuis long-temps tous nos vœux y appelaient
» une nouvelle succession de Princes, pour perpétuer
» parmi nous les éminentes vertus qui sont en pos-
» session de conquérir et de captiver tous les cœurs
» français.

» L'heureux mariage de M.ᵍʳ le Duc DE BERRY va
» doubler nos espérances, sans ralentir nos premiers
» vœux ; puisse-t-il assurer à jamais le règne des Bour-
» bons, ce règne inséparable de celui de la religion,
» de la justice et de la vertu ! »

MONSIEUR répondit :

« Je reçois avec sensibilité et reconnaissance l'ex-
» pression des sentimens de la Chambre des Pairs.
» J'espère, Messieurs, que l'événement que la Provi-
» dence a amené et préparé, assurera la félicité de la
» France. Notre race a le bonheur d'être purement
» française : ceux qui naîtront d'elle hériteront de
» tous ses sentimens. »

La grande députation de la Chambre des Pairs
présentée ensuite à M.ᵍʳ le Duc DE BERRY, M. le
Chancelier dit :

« Le Roi permet à la Chambre des Pairs de venir
» se féliciter avec Votre Altesse Royale d'une alliance
» qui, en fixant ses destinées, garantit les nôtres, et
» comble les vœux de la France entière. Le trône

E

» héréditaire auquel se rallient tous les sentimens et
» toutes les espérances, ce trône dont Votre Altesse
» Royale s'est montrée constamment un des plus
» fermes soutiens, va recevoir un nouveau lustre,
» comme une nouvelle force, de l'heureux mariage
» qui lui promet de nouveaux appuis.

» Déjà, Monseigneur, l'amour inné des Français
» vole au-devant d'une Princesse de leur auguste race.

» Elle appartient, par sa noble origine, à ce
» royaume, dont elle fera, comme vous, l'ornement et
» la félicité.

» Nous lui paierons en amour et en reconnaissance
» tout ce qu'elle ajoutera à votre bonheur. »

Mgr le Duc DE BERRY répondit :

« Je remercie le Roi d'avoir permis à la Chambre
» des Pairs de venir m'exprimer ses sentimens ; j'y
» suis très-sensible.

» L'événement heureux qui nous rassemble, contri-
» buera à assure: le bonheur de notre patrie. Si j'ai
» des enfans, Messieurs, ce que j'espère, ils naîtront
» avec les sentimens d'amour pour les Français qui

» sont innés dans notre famille. Je les éleverai dans le
» respect dû au Roi et à la Charte constitutionnelle,
» ouvrage immortel de sa sagesse, cette Charte qui
» assure à jamais la liberté du peuple et la puissance
» du Monarque. »

A huit heures et demie, la grande députation de la
Chambre des Députés fut conduite et présentée au
Roi, dans la même forme que la grande députation
de la Chambre des Pairs.

M. Lainé, président, s'exprima ainsi :

« Vos fidèles sujets de la Chambre des Députés
» viennent mêler leurs félicitations et leur reconnais-
» sance à la joie de Votre Majesté ; ils se réjouissent
» avec toute la France de voir un rejeton de Louis XIV
» unir sa destinée à la petite-fille de Marie-Thérèse.

» Si le ciel permit que les deux maisons qui ont
» une commune origine fussent frappées des mêmes
» adversités, il leur préparait de loin la même répara-
» tion. On dirait que la Providence attendait le der-
» nier terme de leurs infortunes, et leur inébranlable
» rétablissement sur le trône de France et sur le trône

» des Deux-Siciles, pour inspirer la royale union par
» laquelle, en comblant les vœux des deux peuples,
» elle semble achever ses desseins.

» Les Français, Sire, en voyant un jeune Prince
» s'allier à une Princesse du même sang, de la même
» religion, instruite par les mêmes leçons, se reposent
» dans l'espérance que l'auguste race des Bourbons
» perpétuera cette légitimité, garantie du bonheur du
» peuple.

» Les Députés des départemens, à qui il doit être
» permis de dire qu'ils représentent la France quand
» ils portent aux pieds du trône l'hommage de son
» amour, sont fiers d'être appelés à concourir à la
» splendeur d'une aussi noble alliance : ils sont im-
» patiens, Sire, de remplir cet honorable devoir d'une
» manière digne de Votre Majesté et de la nation
» française. »

Le Roi répondit :

« Je reçois avec un véritable plaisir l'assurance des
» sentimens de la Chambre des Députés, dans une
» aussi heureuse occasion. En multipliant le nombre

» de mes enfans, je ne fais qu'augmenter le nombre
» des amis de mon peuple. J'aurais bien voulu, dans
» une semblable circonstance, ne rien lui demander;
» mais j'aurais cru blesser les sentimens de la nation
» française, en ne l'associant pas à un acte solennel qui
» ajoutera au bonheur de ma vie. »

La grande députation de la Chambre des Députés,
conduite ensuite chez MONSIEUR, M. Lainé lui parla
en ces termes :

« MONSEIGNEUR ,

« Le Roi, à qui nous venons de rendre les hom-
» mages de la Chambre des Députés, nous a permis
» de les présenter à Votre Altesse Royale. Heureux
» père de ce Prince sage et valeureux dont le sort est
» uni à l'auguste fille du meilleur des Rois, votre
» bonheur va se combler par une alliance qui, en
» transmettant des vertus héréditaires, donne à la
» France l'espoir de voir se multiplier les soutiens du
» trône et des descendans de S. Louis. »

MONSIEUR répondit :

« Je ne saurais assez vous exprimer combien je

» suis touché des sentimens de la Chambre des Dé-
» putés. Ma famille, éprouvée par les plus cruels revers,
» les oublie tous en pensant qu'elle peut encore con-
» tribuer au bonheur des Français.

» C'est-là, Messieurs, le plus ardent de tous nos
» vœux : oui, Messieurs ; et si nous desirons voir notre
» famille se multiplier, c'est que nous avons la certi-
» tude que les Bourbons ne cesseront jamais, à
» l'exemple de leurs ancêtres, de se consacrer entière-
» ment à la gloire et à la prospérité de la France. Et
» devant qui, Messieurs, pouvons-nous mieux expri-
» mer les sentimens qui nous animent, que devant
» une assemblée qui les partage éminemment, et qui
» est si digne de représenter la nation française ? »

La grande députation de la Chambre des Députés
présentée à Mgr le Duc DE BERRY, M. Lainé dit :

« MONSEIGNEUR ,

» C'est au Roi, à votre auguste père, que nous
» avons rendu les hommages de sujets fidèles et de
» Français pleins d'espérance. Ils ne pouvaient nous
» donner une plus douce preuve de leur satisfaction

» qu'en nous permettant de vous exprimer la joie de
» nos cœurs; nous étions impatiens, Monseigneur, de
» vous dire les vœux qu'ils forment pour votre bonheur,
» pour celui de l'État. Puisse le ciel, en bénissant la
» noble union que vous allez former, donner à la
» France de nouveaux Princes qui soient, comme
» Votre Altesse Royale, héritiers du cœur de Henri IV
» et des vertus des Bourbons ! »

Mgr le Duc DE BERRY répondit :

« Je suis bien sensible aux vœux que la Chambre
» des Députés fait pour mon bonheur; celui de la
» France sera toujours le plus ardent de mes desirs.
» J'aurai, je l'espère, des enfans qui, comme moi,
» trouveront inné dans leur cœur l'amour des Fran-
» çais.

» Je vous vois toujours, Messieurs les Députés, avec
» un nouveau plaisir; je voudrais pouvoir exprimer à
» chacun de vous en particulier mes sentimens. »

NOTE 11.

Je ne puis passer sous silence deux productions d'un genre différent, qui ont été publiées après l'horrible attentat, et qui ont eu beaucoup de succès. La première, intitulée, *Relation historique, heure par heure, des événemens de la nuit du 13 février*, a le mérite d'un tableau fidèle; et l'auteur, M. Hapdé, a fait distribuer aux pauvres le produit de la vente : c'était une manière délicate de rendre hommage au Prince qui leur servait de père.

Le second ouvrage, qui m'a paru tout-à-fait digne d'être remarqué, est dû à la plume élégante et facile de M. de Pastoret le fils : la sensibilité avec laquelle il a jugé et fait connaître l'ame de M. le Duc DE BERRY, prouve en faveur de la sienne. Je connais peu de lectures plus attachantes que celle de sa Notice ; elle n'a pas la prétention d'un ouvrage, et renferme plus de faits curieux et d'anecdotes intéressantes que beaucoup de gros livres.

NOTE 12.

Les bornes de cet ouvrage ne me permettent pas d'entrer dans de plus grands détails sur cette horrible nuit ; mais je ne puis passer sous silence l'admirable dévouement avec lequel Mme la maréchale duchesse de Reggio a secouru de toutes ses forces, ou plutôt de toute son ame, Mme la Duchesse DE BERRY. Je dois aussi un hommage particulier à M. le comte de Nantouillet, dont le zèle et la fidélité ne se sont jamais démentis : son éloge, au reste, est dans ce mot si touchant du malheureux Prince : « Viens, Nantouillet ; viens, mon vieil ami : » que je t'embrasse avant de mourir ! »

ANECDOTES

ET FAITS PARTICULIERS.

M. l'abbé Alaric, qui avait servi avec Mgr le Duc DE BERRY à l'armée de Condé, et qui était devenu un des aumôniers de Son Altesse Royale depuis qu'il était entré dans la carrière ecclésiastique, tomba malade en 1819. Le Prince lui fit prodiguer des soins de toute espèce, alla le voir plusieurs fois, envoya savoir de ses nouvelles tous les jours, et ordonna qu'on mît à sa disposition tout ce dont il pourrait avoir besoin. Le malade ayant succombé, le Prince ordonna que tous les frais fussent payés sur sa cassette, et voulut que son convoi eût lieu avec un appareil convenable ; il donna en outre des preuves de sa munificence à plusieurs parens du défunt.

M.gr le Duc DE BERRY avait un valet de pied qui faisait gaucherie sur gaucherie : tantôt il cassait un verre de pendule, tantôt il était en retard lorsque la voiture sortait pour aller prendre le Prince, tantôt enfin il oubliait les ordres qu'on lui avait donnés; bref, c'était tous les jours quelque nouvelle faute ou quelque nouvelle sottise. M.gr le Duc DE BERRY, qui l'avait grondé souvent, se fâcha un jour sérieusement, et décida qu'il ne pouvait le garder; mais, dès le lendemain, il le recommanda si vivement, qu'on le nomma concierge d'un établissement royal. Étant valet de pied, il n'avait que 1200 francs; dans son nouvel emploi, il eut des appointemens de 2400 fr. Voilà comme le Prince savait punir.

Un jour le vieux docteur *Ami*, qui avait suivi le Prince en pays étranger, et auquel il témoignait toujours les mêmes bontés depuis son retour en France, se présenta à l'Élysée-Bourbon. Le Prince était extrêmement occupé; mais on avait ordre de ne jamais refuser la porte au vieux père *Ami*: il entra donc, et il commençait à parler de l'objet qui l'amenait, lorsqu'il s'aperçut que le Prince continuait son travail; il s'interrompit alors et gardà le silence. M.ᵍʳ le Duc DE BERRY remarqua qu'il ne disait plus rien, et lui dit : « Eh bien, père *Ami*, » pourquoi ne me parlez-vous plus ? — C'est que » Votre Altesse Royale n'a pas le temps de m'en- » tendre, et qu'elle est trop occupée. — N'importe, » parlez, parlez; vous devez savoir que j'ai pour vous » l'oreille du cœur.* »

M. Le Masson, ingénieur des ponts et chaussées, qui avait donné au Prince des leçons de dessin dans sa tendre enfance, et qui ne l'avait pas revu depuis son émigration, lui fit demander à Rouen s'il pouvait lui présenter ses hommages. Le Prince était à table ; il eut l'extrême bonté de se lever et d'aller au-devant de son ancien maître : il le reconnut à l'instant, et lui dit : « Mon cher Le Masson, que je suis aise de » vous voir! Vous n'êtes pas changé: il me semble que

---

* On trouvera dans cet ouvrage le *fac simile* d'une lettre adressée par le Prince à M.ᵐᵉ *Ami*.

» nous sommes encore à Beauregard. — Cependant,
» mon Prince, lui dit M. Le Masson, les larmes aux
» yeux, j'ai bien souffert de votre absence. —Allons,
» allons, n'y pensez plus, répondit ce bon Prince;
» me voilà, et nous ne nous quitterons plus : *c'est,*
» *entre nous, à la vie, à la mort !* »

———

Le 20 mars 1818, le feu ayant pris à l'Odéon,
Mgr le Duc DE BERRY s'y rendit en toute hâte ; et,
non content d'encourager par son exemple et ses
discours le zèle des militaires et des travailleurs,
il voulut récompenser les personnes qui avaient le
plus souffert, ainsi que les pompiers et soldats qui
avaient été blessés en déployant un courage dont
il avait fait preuve lui-même : dès le lendemain, il
envoya à M. le marquis de Semonville la somme de
2000 francs, pour être répartie de la manière la
plus convenable.

———

Dans le mois de septembre 1819, le feu prit aux
Messageries ; le Prince s'y rendit aussitôt, et s'avança
d'une manière très-imprudente dans les endroits

que la flamme dévorait : un gendarme, qui ne le reconnaissait pas, le frappa rudement en lui disant de se retirer. Le Prince resta jusqu'à cinq heures; et, comme il avait eu toute la nuit les pieds mouillés, il fut obligé de garder la chambre pendant trois ou quatre jours. Il envoya, le lendemain, au maire de l'arrondissement, une somme de 3000 francs à distribuer aux blessés et aux pompiers qui s'étaient le mieux conduits.

SERVICE FUNÈBRE

DE M.ᵍʳ LE DUC DE BERRY.

Une foule immense s'était portée à Saint-Denis, dès huit heures du matin, le 14 mars, pour rendre à S. A. R. M.ᵍʳ le Duc DE BERRY les derniers devoirs. Plus de quatre mille personnes ont été introduites depuis neuf heures jusqu'à onze. Les ministres, les pairs de France, les députés, la cour de cassation, la cour des comptes et un grand nombre d'officiers de toutes armes, occupaient des places réservées auprès du catafalque; et l'on remarquait aux quatre côtés MM. les maréchaux de Vioménil et de Coigny, M. d'Autichamp et M. de la Rochefoucauld: les autres tribunes étaient occupées par des personnes de distinction. Le Roi est arrivé à onze heures:

Sa Majesté s'est placée dans une tribune presque en face du catafalque; elle avait à sa droite M. le prince de Talleyrand, à sa gauche M. le duc d'Havré, et derrière elle S. Ém. M. le cardinal de Périgord, grand aumônier de France et archevêque de Paris : l'autre partie de la tribune était occupée par S. A. R. MADAME, Duchesse d'Angoulême, et Madame la Duchesse d'Orléans douairière. Après l'évangile, Mgr le Duc d'Angoulême, qui conduisait le deuil, Mgr le Duc d'Orléans et Mgr le Duc de Bourbon, accompagnés de leurs aides-de-camp, se sont rendus à l'offrande. Ensuite M. l'abbé de Quélen, coadjuteur de Mgr l'archevêque de Paris, est monté en chaire pour prononcer l'oraison funèbre de Mgr le Duc DE BERRY. Il a pris pour texte ce passage de l'Écriture, et a parlé en ces termes :

« *Convertam, Israël, festivitates vestras in luc-* » *tum, et jubila vestra in planctum.*

» Je changerai, ô Israël, vos fêtes en deuil, et vos » joies en douleur.

» C'est ainsi, mes frères, que Dieu s'adressait à son » peuple, quand il avait mérité quelque châtiment.

» Il lui faisait annoncer qu'il allait appesantir sur lui
» sa main toute-puissante, et que ce coup retentirait
» dans l'univers. Écoutez, fils d'Israël : les avis de ma
» bonté ont été perdus pour vous ; je vais exécuter
» mes menaces. Ces jours marqués pour les plaisirs,
» je les changerai en jours de tristesse ; ces lieux des-
» tinés aux jeux et aux amusemens deviendront le
» séjour des plaintes et des gémissemens ; ces concerts
» profanes se transformeront en accens lugubres, en
» lamentations funèbres. Je changerai vos fêtes en
» deuil, et vos joies en douleur. *Ave, Maria.*

Première Partie. — » Ne s'est-elle pas accomplie
» pour nous, ô mes frères, cette prophétie terrible ?
» N'est-ce pas dans le moment marqué pour l'allégresse
» publique que Dieu a désolé son peuple, et qu'il a,
» pour parler le langage de l'Écriture, *foulé tous les*
» *cœurs français dans le pressoir de ses fureurs ?*

» Oui, tous les cœurs français : d'abord celui de ce
» Monarque infortuné, qui avait donné le doux nom
» de fils à la victime que nous pleurons ; celui d'une
» épouse adorée, condamnée à un triste veuvage ;

F

» celui d'un malheureux père dont les vertus méri-
» taient un meilleur sort; celui d'une Princesse au-
» guste qui semble destinée à voir tomber, les uns
» après les autres, tous les membres de sa famille;
» enfin celui de tous les Français, qui gémissent tout-
» à-la-fois sur le présent et sur l'avenir.

» Perdre un Bourbon, pour la France quel mal-
» heur ! Perdre un Bourbon tel que celui qui vient de
» succomber, quel surcroît de malheur ! Perdre un
» Bourbon dans le temps où nous sommes, et dans les
» circonstances qui nous assiégent, quel excès de mal-
» heur ! Que de beaux traits, que d'actions d'éclat la
» race immortelle des Bourbons nous fait admirer dans
» l'histoire ! Leur gloire a traversé les siècles : il n'est
» pas un Français, pas un soldat, pas un savant, pas
» un chrétien, qui ne se souvienne de quelque trait qui
» honore la patrie, les arts, l'armée, la religion; il
» n'est pas de nation, quelle que soit sa rivalité, qui
» ne soit obligée de convenir qu'on ne trouve dans
» aucune autre dynastie une aussi longue suite de saints,
» de sages et de héros.

» Voilà, mes frères, voilà ces Bourbons, voilà ces

» hommes qu'une faction impie a voulu bannir, et
» que le fanatisme révolutionnaire a poursuivis même
» au-delà du trépas, en violant la paix des tombeaux
» et la majesté des lieux saints! Voilà ces Bourbons
» qu'une secte impure ne rougit pas d'appeler (oserai-je
» répéter ce blasphême?) les ennemis et les tyrans
» de la France !..... Étaient-ils les ennemis de la
» France, ce Saint Louis qui a fait respecter son
» nom depuis les rives de la Seine jusqu'à celles du
» Jourdain ; ce bon Henri IV, que les philosophes
» eux - mêmes nomment le *Roi du Peuple ;* ce
» Louis XIV, qui, de la même main, élevait le palais
» des Rois et l'asile du guerrier?

» Peut-être aussi fut-il l'ennemi de la France, ce
» Roi - Martyr qui sacrifia son pouvoir au desir du
» bien public, et qui fit de sa clémence une arme
» pour les factieux!

» Les Bourbons tyrans de la France! Nous savons
» trop que la France eut ses tyrans, qui la firent
» sécher de terreur ; mais c'est précisément en l'ab-
» sence des Bourbons que le ciel déchaîna sur nous
» tous ses fléaux, comme pour nous punir de les

» avoir méconnus, et d'avoir abjuré tous les prin-
» cipes de la morale et de la religion.

» C'est à cette époque désastreuse que le Duc
» DE BERRY quitta son pays, même avant d'être ado-
» lescent. Nos troubles civils interrompirent son
» éducation et le jetèrent dans la carrière des armes;
» il combattait sous les yeux de son père, dans cette
» campagne où une noblesse fidèle sacrifiait ses pro-
» priétés, son existence et ses affections les plus
» chères, dans l'espoir de briser les fers du meilleur
» des Rois; il servit ensuite sous les yeux d'un Prince
» qui devait devenir son Roi et le nôtre, dans cette
» armée qui ne connut (il faut avoir le courage de
» le dire) ni défections ni défaites, commandée
» qu'elle était par trois Condés.

» Que ne puis-je en ce moment vous rappeler les
» plus beaux traits de sa valeur brillante! Peut-on
» jamais oublier ce qu'il répondit à un général qui
» l'engageait à ne pas toujours aller en avant? « *Que*
» *ceux qui sont en arrière courent, s'ils veulent*
» *me rejoindre : un Fils de France ne doit pas at-*
» *tendre la gloire; il doit voler au-devant d'elle.*

» Disons encore, à la gloire du Duc DE BERRY,
» qu'il ménagea le sang français dans Béthune, et
» força le soldat à mêler au cri du délire celui de
» la reconnaissance. Le Prince de Condé l'aimait
» comme son fils; il lui laissa en mourant son héri-
» tage de gloire, puisqu'il le chargea des intérêts de
» ses compagnons d'armes, et le pria de les recom-
» mander au Roi.

» L'histoire parlera de sa charité inépuisable, im-
» mense, et de la grâce qui doublait ses bienfaits.
» Mais nous, mes frères, nous attestons, et Dieu,
» qui nous entend, sait que nous disons la vérité,
» nous attestons que la foi jetait souvent de brillans
» éclairs dans l'ame de ce Prince tout Français; il
» appela à différentes époques un ministre de récon-
» ciliation pour être prêt, disait-il, à tout événement.
» Dans les courses impétueuses de ses innocens plai-
» sirs, il s'inclinait devant une croix, par vénération,
» et non par respect humain. Des témoins fidèles
» nous ont garanti que, non content d'appliquer
» quelquefois ses lèvres sur le Christ, il embrassait
» la plaie de son côté, comme s'il avait prévu que

» c'était aussi au côté qu'il devait être frappé, et qu'il
» aurait ainsi la gloire funeste de partager le sort de
» notre divin Rédempteur.

» Tel est, mes frères, le Bourbon que nous avons
» perdu. Quel changement dans notre avenir! Que de
» lis moissonnés dans un seul! Que de regrets pour
» la malheureuse France! Vous la consolerez, ô mon
» Dieu; vous avez jeté sur cette horrible nuit, cette
» nuit de ténèbres, le jour de votre miséricorde;
» vous avez transformé un temple profane en un
» sanctuaire auguste; vous avez resserré dans un
» étroit espace les exemples les plus sublimes de
» vertus et de piété: ces exemples n'auront pas été
» donnés sans fruit, et les preuves de votre clémence
» succéderont à celles de votre colère.

Seconde Partie. — » J'ai à représenter de grands
» exemples, plutôt qu'à émouvoir de grands senti-
» mens: je ne vous ferai donc pas, mes frères, la
» peinture d'une scène déchirante; je ne vous re-
» présenterai pas la maison du plaisir changée en
» maison de deuil; je ne vous montrerai pas un Roi
» dans l'accablement, venant fermer les yeux à son

» fils d'adoption ; un frère , dernier dépositaire des
» volontés d'un frère adoré ; une Princesse que le
» malheur poursuit dès ses plus jeunes années, et
» qui , plus forte que le malheur même , domine
» cette scène de douleur comme un cèdre majes-
» tueux ; plus loin un vil assassin !

» Mais non : montrons le héros tout seul , devenu
» maître dans le grand art de mourir. En effet, mes
» frères , sa mort fut une mort parfaitement chré-
» tienne, parfaitement instructive, parfaitement con-
» solante ; le fer qui pénétra dans son sein y fit entrer
» en même temps une foi plus vive encore. Il tombe
» frappé du coup mortel ; il demande des ministres
» de Dieu, plutôt que des médecins, et son premier
» cri est pour la religion : il ne croyait pas, ce jeune
» martyr, qu'un militaire dût rougir de se réconci-
» lier avec Dieu, au moment de paraître devant lui.
» Ni la gloire, ni la puissance, ni l'éclat du trône
» dont il était l'héritier, n'obtiennent un regret de
» lui : il est tout entier à son repentir.

» La religion, douce et bonne comme son auteur,
» le rend jusqu'à la fin tendre et sensible. Il avait des

» amis, il veut embrasser le plus ancien ; il avait une
» épouse, il la serre dans ses bras ; il avait une fille, il
» l'embrasse avec ivresse ; il avait un Roi, il saisit sa
» main et la couvre de baisers et de larmes ; il avait une
» patrie, et ses derniers vœux furent pour elle. C'est ainsi
» qu'il rendit à Dieu cette belle ame, qui devait retourner
» au ciel. Il sut fournir en peu d'heures une carrière im-
» mense, et il n'est devenu l'éternel objet de notre admi-
» ration que pour devenir l'objet éternel de nos regrets.

 » Il me semble vous entendre, mes frères, m'ac-
» cuser d'oubli pour la plus noble preuve qu'il a
» donnée de son héroïsme chrétien. Dieu me garde
» d'oublier cette vertu immortelle qui recommande le
» pardon d'un assassin et le repos d'un ennemi ! c'est
» la vertu du Roi-Martyr, c'est la vertu des Bourbons
» persécutés, c'est cette vertu qui devait faire tomber
» tout un royaume à genoux. Le Duc DE BERRY
» porta jusqu'à l'excès cette miraculeuse abnégation :
» s'il tient à la vie, c'est qu'il espère arracher à la
» mort un traître, un indigne Français ?... Ah ! puisse
» au moins tant de générosité le provoquer au repentir
» et l'arracher aux flammes éternelles !

» Mais du moins, mes frères, l'éclair a jailli dans
» cette nuit profonde : si Dieu nous a châtiés, nous
» connaissons la cause de sa colère ; ce sont nos ini-
» quités et nos erreurs qui ont armé son bras. Un
» moment de méditation autour de ce tombeau, et
» vous direz comme moi : Oui, ce sont nos iniquités
» et nos erreurs qui nous ont précipités depuis trente
» ans de malheurs en malheurs. Il est vrai que quelque
» joie s'est mêlée à nos larmes, et que l'Éternel a
» semblé quelquefois nous sourire ; mais sa bonté,
» comme sa rigueur, nous a laissés indifférens. Après
» avoir été frappés sans être convertis, nous avons été
» secourus sans être changés.

» Convertissons-nous donc, mes frères : l'avertis-
» sement a été terrible ; tâchons qu'il soit utile. Pre-
» nons garde que le calice du malheur ne soit pas
» épuisé, et que la lie ne reste au fond de la coupe.

» Abjurons les funestes doctrines qui font des sédi-
» tieux et des impies : il est impossible que le crime
» d'un nouveau Ravaillac ne soit pas le fruit de ces
» principes qui conduisent l'homme à ne croire qu'au
» néant. Aujourd'hui que l'expérience a parlé, on ne

» nous accusera pas d'exagérer.; ce n'est pas un seul
» fer qui a frappé notre Bourbon, ce sont mille
» plumes empoisonnées ; ce n'est pas un athée, c'est
» l'athéisme : oui, c'est l'athéisme, qui se propage avec
» une licence qu'on appelle la liberté, à peu près,
» dit S. Augustin, comme cet enfant qui se préci-
» pite dans un fleuve ou se jette dans les flammes
» en s'écriant : *Je suis libre.*

   » Les progrès de l'impiété, les alarmes de nos
» voisins, les admirables écrits des amis du trône,
» les chants de triomphe des méchans, rien n'avait pu
» nous éclairer ; il a fallu un coup de tonnerre pour
» nous réveiller : mais au moins ne nous endormons
» plus.

   » O Prince, digne objet de nos respects et de nos
» larmes, on dit que, sur votre lit de douleur, vous
» avez regretté de n'avoir pas péri en combattant pour
» la France : mais, si votre mort assure enfin le
» triomphe de la légitimité ; si nous revenons aux
» idées de morale, d'ordre et de religion, alliées
» naturelles des Rois ; si votre mort éclaire nos con-
» seils sur les intérêts du souverain, réunit les opi-

» nions diverses, et rend la paix à notre belle France;
» alors, Prince, ne regrettez rien, votre sang aura
» coulé pour nous; vous aurez servi votre pays comme
» si vous aviez combattu pour lui; vous serez mort
» pour la France. '

» Et nous, mes frères, pour que ce grand sacri-
» fice ne soit pas inutile, répétons tous ensemble,
» mais répétons avec la ferveur qui seule mérite
» d'obtenir, cette prière qui doit être gravée dans le
» cœur d'un Français : O mon Dieu, sauvez le Roi,
» pour qu'il sauve la France; sauvez le Roi; multi-
» pliez ses jours, pour qu'il multiplie ses bienfaits :
» sauvez cette Princesse auguste que l'espérance de
» notre bonheur peut seule attacher à la vie; sau-
» vez-la, sauvez le Roi, sauvez la Fille de Louis le
» Martyr, toujours éprouvée et jamais vaincue par
» l'adversité : sauvez son vertueux Père, sauvez nos
» Princes. O mon Dieu, sauvez le Roi. »

Après ce discours, on a continué l'office divin,
et l'on a exécuté une messe en musique du plus
bel effet; on a récité ensuite le *Dies iræ* et les

autres prières des morts. Enfin l'instant est arrivé où M. de Brézé, grand-maître des cérémonies, a ordonné qu'on ouvrît le catafalque pour en retirer les dépouilles mortelles de l'infortuné Duc DE BERRY. Ce moment a été affreux : le Roi s'est précipité à genoux, il a versé des larmes, et il est resté long-temps absorbé dans la plus profonde douleur. On entendait de tous côtés, dans les tribunes, des sanglots et des gémissemens; plusieurs dames se sont évanouies, et c'est au milieu de la désolation universelle que l'on a transporté dans l'antique caveau des Bourbons le corps du dernier rejeton de la maison royale. Le souvenir d'un si douloureux moment doit être ineffaçable : les sons d'une musique lugubre, le bruit du canon et de la mousqueterie, le bourdon de la basilique, les larmes et les cris d'un grand nombre de spectateurs, imprimaient à cette scène déchirante un caractère qu'on ne peut pas plus oublier que définir.

La cérémonie s'est terminée à quatre heures, et cette foule immense s'est écoulée dans l'ordre le plus parfait, dans le silence le plus profond. On cherchait à se rappeler en sortant les plus beaux passages de l'oraison funèbre du Prince. Des pauvres qui étaient à la porte de l'église pleuraient; et je dis, l'orateur a oublié ce trait-là.

---

*Discours prononcé par M.ᵍʳ l'Évêque d'Amiens *, Premier Aumônier de M.ᵐᵉ la Duchesse de Berry, en présentant le cœur du Prince à la basilique de Saint-Denis.*

Pour me conformer aux ordres de Sa Majesté, et remplir le plus douloureux des devoirs, j'ai l'honneur de présenter à la sépulture des Rois ses ancêtres, les précieux restes de très-haut et très-puissant Prince M.ᵍʳ *Charles-Ferdinand d'Artois*, Duc DE BERRY, *Fils de France;* son cœur, que vous avez devant les yeux, fut le plus noble et le plus généreux qui existât jamais : la foi la plus sincère, la bravoure la plus

---

* Le nom de M. de Bombelles rappelle tous les genres d'illustration : brave militaire, habile ambassadeur, et respectable prélat, il a trouvé le secret d'honorer trois carrières,

brillante, la plus loyale chevalerie, la piété la plus filiale, toutes les grâces de l'esprit, tous les trésors de l'amitié, accompagnaient une bienfaisance sans bornes et la plus ingénieuse charité. Après un coup affreux, six heures des plus cruelles douleurs furent miraculeusement accordées à ce Prince, pour que tout ce que la religion a de sublime lui méritât la couronne du martyre. Il nous est permis de croire que, du haut du ciel, il jouit de nos hommages en intercédant pour la France, qui ne cessera jamais de le pleurer.

FIN.

Edimburgh ce 5 9bre

J'ai reçu hier, Madame, votre lettre j'avois
déja appris avec beaucoup de peine que monsieur
votre aigé étoit malade; non seulement j'approuve
mais je lui ordonne absolument de rester avec vous
mandez moi par quel moyen je puis lui faire
parvenir souhaitement et à quelle époque; je
n'ai pas besoin de vous recommander d'en avoir bien
soin, mais ayez un soin que vous exposé même; je serois
heureux de penser qu'il est au milieu d'une famille
qui lui est si chère et qu'il m'a sacrifié pendant
si longtemps. Embracy le bien de ma part et
faites moi part du bon état de sa vieillesse, je joins ici
une lettre de ... que j'ai reçu pour lui.

BIBLIOTHÈQUE IMPÉRIALE

www.ingramcontent.com/pod-product-compliance
Ingram Content Group UK Ltd.
Pitfield, Milton Keynes, MK11 3LW, UK
UKHW022318070726
13614UKWH00002B/815